SCOOBY-DOO! MD
et
l'homme des neiges

MYSTÈRES
SCOOBY-DOO

SCOOBY-DOO! MD

et l'homme des neiges

Texte de James Gelsey

Texte français de Marie-Carole Daigle

WORLDWIDE PUBLISHING MD

Les éditions Scholastic

À Maman et Papa

ISBN 0-439-00535-3

Titre original : Scooby-Doo! and the Snow Monster.

Des remerciements tout particuliers à Duendes Del Sur pour la page couverture et les illustrations intérieures.

Édition publiée par Les éditions Scholastic, 175, Hillmount Road, Markham (Ontario) L6C 1Z7

5 4 3 2 1   Imprimé au Canada   9 / 9 0 1 2 3 4 / 0

« Eh, Scooby! Tu fais de la buée sur le pare-brise, lance Freddy. J'ai déjà assez de mal à voir à cause de cette neige... »

La Machine à mystères grimpe l'unique route du mont des Grands Pins. Scooby est à l'avant, coincé entre Véra et Daphné.

Essuyant le pare-brise du revers de la main, Véra tente de jeter un œil par la partie dégagée : « On dirait qu'il neige depuis un bon moment. »

Daphné sourit. « Chose certaine, nous avons choisi la bonne fin de semaine pour faire du ski », dit-elle.

« J'ai l'impression que les pentes vont être magnifiques », ajoute Freddy.

1

Apercevant soudainement quelque chose sur la route, Freddy applique brusquement les freins. Une énorme créature poilue vient de surgir devant la camionnette. Les yeux fixés sur les quatre amis, elle agite les bras dans les airs et pousse un rugissement. Puis, elle fait demi-tour et s'enfuit dans la forêt.

« Ça va, tout le monde? », s'enquiert Freddy.

« Aïe! qu'est-ce que c'était? », demande Sammy du fond de son siège.

« Je n'en suis pas très sûr », répond Freddy.

« On aurait dit quelqu'un », souligne Daphné.

« Ou un ours », précise Véra.

« C'était peut-être un skieur affamé à la recherche d'un endroit pour manger », suggère Sammy.

« Bon. Peu importe ce que c'était, c'est parti, dit Freddy. Je propose que l'on poursuive notre route jusqu'à l'auberge. »

« Bonne idée, Freddy, approuve Daphné. Je n'ai pas vraiment envie de rester prise dans cette tempête. »

« C'est encore loin, Véra? », demande Freddy.

Écrasée par Scooby-Doo, Véra n'a même pas assez de place pour déplier la carte routière.

« Tu sais, Scooby, dit Véra, ce n'est vraiment pas une banquette pour trois personnes et un chien format Scooby-Doo. » « Il y a plein de place derrière, à côté de Sammy », dit Daphné.

« R'wouf! R'wouf! », dit Scooby en hochant la tête.

« Irais-tu en arrière si je te donnais un Scooby Snax? », demande Véra.

« Ramais de la vie! », dit Scooby en aboyant.

« Deux Scooby Snax? », insiste Daphné.

« R'wouf! R'wouf! », réplique Scooby.

« Trois? », demande Freddy.

« Roubliez ra! » Scooby fixe le pare-brise embué. De temps à autre, il lèche la buée avec sa grande langue rose.

« Bon, Scooby-Doo, qu'est-ce qui ne va pas? », demande Freddy.

Sammy passe la tête vers l'avant. « Disons qu'il est vexé parce que je l'ai traité de poule mouillée », dit-il.

« Et pourquoi donc? », demande Daphné.

« Parce qu'il m'a dit qu'il préférait rester dans l'auberge plutôt que d'aller skier », explique Sammy.

« Sammy, il n'y a rien de mal à ça, dit Véra. Bien des gens préfèrent rester à l'intérieur. Ces personnes aiment mieux s'asseoir près d'un bon feu, bien emmitouflées dans une couverture de laine, et siroter un bon chocolat chaud. »

Sammy dresse l'oreille : « Tu as bien dit chocolat chaud? »

Véra acquiesce.

« Scoob, mon vieux, dit Sammy. Si t'es une poule mouillée simplement parce que tu restes tranquillement à l'auberge à boire un chocolat chaud, je n'ai qu'une chose à ajouter… »

« Quoi donc? », demande Daphné.

« Cot-cot-cot! », répond Sammy.

Tout le monde rit et, du coup, Scooby-Doo saute à l'arrière à côté de Sammy.

Scooby ayant libéré la place, Véra peut enfin consulter la carte routière.

« L'auberge n'est qu'à quelques kilomètres, signale-t-elle. Nous devrions arriver d'une minute à l'autre. »

« Eh bien, les amis, dit Freddy, notre fin de semaine de ski va bientôt commencer! »

« Avec tout plein de chocolat chaud », ajoute Sammy.

« Dans la paix et la tranquillité », termine Daphné.

Chapitre 2

Il neige toujours lorsque la Machine à mystères se gare devant l'Auberge des Grands Pins. Les amis s'extirpent du véhicule et se dirigent vers la porte principale.

En entrant, ils aperçoivent un immense foyer autour duquel sont disposés des divans et de grands fauteuils. Une échelle se trouve devant le foyer, surplombé d'une énorme tête d'orignal. Scooby regarde la tête d'orignal : « Au recours! », aboie-t-il, en sautant derrière Sammy.

« Du calme, mon vieux, le rassure Sammy. Ce n'est qu'une vieille tête d'orignal empaillée. Il n'y a pas de quoi avoir peur. Ce n'est même pas vivant. »

Soudain, l'orignal se met à parler.

« Bienvenue à l'Auberge des Grands Pins », dit-il.

« Aïe! », s'exclame Sammy, en se réfugiant derrière Freddy. C'est vivant! »

Sur l'échelle, un vieil homme apparaît de derrière la tête d'orignal. Il la suspend au-dessus du foyer, puis descend.

« Il faut bien s'amuser un peu, dit-il. Bienvenue

à l'Auberge des Grands Pins. Je suis Thomas Squall. »

Daphné tend la main. « Bonjour, Monsieur Squall, dit-elle. Je m'appelle Daphné Blake. Nous nous sommes parlé la semaine dernière. »

« Mais oui, Daphné, dit Thomas. Ça alors! Vous êtes presque aussi jolie que ma petite-fille. Mais n'allez pas lui répéter cela. »

« Répéter quoi? », lance une voix derrière Thomas.

« Oh, rien », dit Thomas en rougissant.

« Je m'appelle Cindy Squall, dit la jeune femme. Je suis la petite-fille de Thomas. Bienvenue. »

Thomas se dirige vers le foyer. « Où est donc ton petit ami et notre bois de chauffage? demande-t-il. Voilà près d'une heure qu'il est parti. »

« Il s'en vient », répond Cindy.

Thomas se penche vers le foyer et remue

quelques bûches. « Pour quelqu'un qui déteste le froid, je trouve qu'il lui en faut du temps pour passer de la maison à la cabane à bois », marmonne Thomas.

À ce moment, on frappe bruyamment à la porte arrière. Cindy va ouvrir, et laisse entrer un homme de grande taille portant une brassée de bois de chauffage. Il secoue deux fois ses bottes sur le plancher afin de les débarrasser de la neige.

« Il était temps, murmure Thomas. Par ici, Carl, crie-t-il. Notre feu va bientôt rendre l'âme. Nos pauvres invités vont mourir de froid si nous ne jetons pas quelques bûches au feu. »

Tenant toujours sa brassée de bois, l'homme s'approche lentement du foyer et la laisse tomber par terre dans un grand bruit.

« Une avalanche! », s'écrie Sammy en bondissant dans les bras de Scooby.

« Non, seulement du bois de chauffage », dit Carl. Il enlève son parka, mais garde son écharpe rouge au cou.

« Je suis le petit ami de Cindy, Carl Filbert. Si vous avez besoin de quoi que ce soit, vous n'avez qu'à vous adresser à Cindy ou à Thomas. » Il se retourne puis se dirige vers la réception.

« Besoin d'une pelle à neige, par exemple? », lance une voix dans l'escalier. « Je me présente : Ruckus, L. Richard Ruckus », précise-t-il. L'homme porte le blouson or de l'équipe nationale de ski. « J'étais dans ma chambre, et on a annoncé à la radio que la route menant au sommet de la montage était fermée. Une petite avalanche a été déclenchée. »

« Eh bien, wow! », dit Sammy.

« Ce qui veut dire que nous sommes complètement isolés, explique Thomas. Ça ne sera probablement pas dégagé avant au moins une journée. »

Carl fronce les sourcils. « Si nous vivions dans le Sud, dit-il, nous serions probablement, en ce moment même, dehors en short et t-shirt, en train de jouer au tennis. »

Tendant la main vers Carl, Cindy le taquine en tirant sur son écharpe.

« Oh, Carl, dit-elle, tu sais bien que je ne pourrai pas quitter le mont des Grands Pins tant que mon grand-père aura l'auberge. »

« Mais moi, j'ai un tuyau qui nous permettrait d'avoir un endroit magnifique, dans le Sud », réplique Carl.

Thomas remet aux amis les clés de leurs chambres. « De toute façon, tempête ou pas, il n'y aurait eu personne ici, dit-il d'une voix plaintive. Tant que l'homme des neiges restera dans les parages… Je serai bientôt ruiné, c'est certain. »

« Un homme des neiges? », s'écrient en même temps Sammy et Scooby.

Freddy, Daphné et Véra se regardent.

« Quel homme des neiges? », demande Freddy.

Cindy se dirige vers la réception et pose la main sur l'épaule de son grand-père. « Il n'y a pas d'homme des neiges, dit-elle. C'est probablement ce vieil homme qui vit dans la forêt. »

« Tu veux parler de M. Barbe grise McGraw? demande Thomas. Je ne sais pas trop. » Il hoche la tête en se dirigeant vers le grand divan. « Ce que je sais, toutefois, c'est que je ne pourrai pas laisser l'auberge ouverte si cet homme des neiges continue de rôder par ici. »

Monsieur Ruckus s'assied à côté de Thomas, sur le divan. « Comme je vous l'ai déjà expliqué, monsieur Squall, dit-il, je cherche un endroit très tranquille où je peux me préparer à la compétition de ski. Il faudra bien plus qu'un homme des neiges pour me faire fuir vos pentes. »

Soudain, un grognement remplit la pièce. Tous figent de peur.

« C'est l'homme des neiges! hurle monsieur Ruckus. Il est ici! »

Sammy et Scooby se mettent à rire.

« Qu'y a-t-il de si drôle, vous deux? », demande Véra.

« Disons que ce n'est pas vraiment l'homme des neiges, mais plutôt l'estomac de Scooby », dit Sammy.

« C'est l'heure du rhocolat rhaud », dit Scooby en aboyant.

Cindy sourit et dit en se tournant vers lui : « D'accord, Scooby, je vais t'apporter un chocolat chaud. Mais seulement parce que je sais que tu nous protégeras de l'homme des neiges, s'il finit par se pointer. » Cindy s'approche de Scooby et lui gratte l'oreille.

Scooby se redresse et prend son air le plus brave.

« R'est sûr! », aboie-t-il.

Chapitre 3

Assis dans l'Auberge des Grands Pins, les visiteurs attendent la fin de la tempête. La neige s'amoncelle, et le ciel est très gris.

« Eh, tout le monde! La neige a cessé! », lance finalement Daphné, qui se tient près de la fenêtre.

Monsieur Ruckus lève les yeux de ses skis, qu'il est en train de farter. « Enfin, dit-il. Nous pouvons maintenant vérifier si ces pentes sont vraiment bonnes. »

« Seulement s'il n'y a pas de danger », ajoute Véra. Tous les regards se tournent vers Cindy, qui se tient à la réception.

« Les pentes devraient être magnifiques, dit-elle.

C'est le moment de les attaquer! »

« Ce ne serait pas plutôt le temps, franchement, d'attaquer la cuisine? demande Sammy. Cette attente m'a creusé l'appétit. »

Cindy lui sourit. « Pourquoi ne fais-tu pas au moins une descente, demande-t-elle. Tu n'es pas une poule mouillée, n'est-ce pas? »

« Oh, non! » répond Sammy, en hochant la tête. Il bondit de sa chaise, s'empare d'une paire de

bâtons et fait semblant de skier. « Zoum! Zoum! », fait-il.

Monsieur Ruckus se précipite vers Sammy et lui arrache les bâtons des mains. « Ce ne sont pas des jouets, dit-il. Ces bâtons de ski sont les plus chers qui soient. » Puis, il s'éloigne tout en vérifiant méticuleusement les bâtons.

Cindy enfile son parka. « Sammy, il y a un petit chalet pour skieurs au sommet de la montagne. On y range plein de skis et d'autres équipements que tu pourras emprunter. Tout le monde est prêt? »

Freddy, Daphné, Véra, Sammy et monsieur Ruckus acquiescent. Scooby reste bien pelotonné près du feu.

« Et toi, Scooby, demande Cindy. Tu ne viens donc pas? »

Scooby se relève et secoue la tête.

« R'wouf! R'wouf! », dit-il.

« Mais tu vas adorer ça, là-haut, dit Cindy. Écoute bien. Tu pourras monter à côté de moi. Qu'en dis-tu? » Cindy regarde Scooby droit dans les yeux et lui sourit.

Scooby est incapable de résister à l'adorable sourire de Cindy. « R'accord », dit-il, sautant sur ses pattes.

« Et prenez garde à l'homme des neiges », dit Thomas, en souriant.

« Allons donc, répond monsieur Ruckus en passant devant Thomas. J'ai ma journée de ski à faire, moi. » Il se fraye un chemin parmi les autres et sort par derrière.

« Oubliez monsieur Ruckus, dit Freddy. Nous sommes ici pour nous amuser. »

Tous suivent Cindy par derrière, puis le long d'un sentier. Ils passent près d'une grosse grange blanche et d'une petite cabane en bois. Au moment où ils s'apprêtent à entrer dans la forêt, ils entendent une voix masculine derrière un arbre.

« Ge-ro-ni-mo! crie l'homme en s'abattant sur Scooby-Doo. Je te tiens, espèce d'homme des neiges! »

« Au recours! Rammy! » crie Scooby. Tout le monde se rue pour dégager Scooby, coincé sous le vieil homme à longue barbe.

« Barbe grise! s'exclame Cindy. Que faites-vous là? »

« Je suis venu attraper un homme des neiges, répond-il. Aïe, mon dos! »

« Disons que ce n'est pas un homme des neiges, dit Sammy. C'est Scooby-Doo. »

Barbe grise plisse les yeux et toise Scooby.

« Je vous ai pris pour l'homme des neiges, dit-il. Il est par ici, vous savez. »

« Vous l'avez vu, cet homme des neiges? », demande Véra.

« Aussi vrai que j'ai un nez au milieu du visage. Il est sorti de la cabane à bois. Il a tenté de m'attraper, mais j'ai été plus rapide que lui. Si jamais il vous attrape, il vous dévorera d'un seul coup, vous savez. »

« M. McGraw, voulez-vous cesser d'effrayer les gens par vos histoires d'homme des neiges, dit Cindy. Et d'ailleurs, vous devez des excuses à Scooby. »

Se tournant vers Scooby, Barbe grise lui dit : « Désolé. Sans rancune! ». Puis, il grimace de douleur et se tient le dos. « Il va falloir que j'arrête de sauter des arbres, dit-il. Bon ski, tout le monde. » Et il s'éloigne en clopinant, pour disparaître dans la forêt.

« Quel homme étrange », dit Daphné.

« Il est un peu bizarre », reconnaît Cindy. Elle poursuit son chemin, et le groupe la suit le long de l'étroit sentier qui serpente parmi de grands pins. Ils s'arrêtent à côté du télésiège.

« Ça alors! J'ai l'impression que personne n'a pu se rendre ici avant la tempête », dit Véra.

La plupart des sièges effectuant la remontée sont vides.

« Comme c'est beau, s'exclame Daphné, ébahie. On dirait que quelqu'un a jeté une immense couverture blanche sur la montagne. »

«… ou renversé de la crème de guimauve », blague Sammy en pouffant de rire avec Scooby. « T'imagines ça, Scoob? » Cessant de rire, ils se mettent à rêvasser : ils dévalent une pente couverte de crème de guimauve et y prennent de petites lichettes.

« Venez, vous deux, crie Freddy, en tirant Sammy et Scooby de leur rêverie. Sautez dans un siège. » Déjà installés, Freddy et Daphné se dirigent vers le sommet.

« Viens, Sammy, lance Véra, tu montes avec moi. » Tous deux se font ramasser par un siège et amorcent la remontée.

Cindy se tourne vers Scooby. « Mets-toi

ici, Scooby, explique-t-elle. Tu n'as qu'à t'asseoir lorsque le siège arrive derrière toi. » Avant que Scooby ne comprenne ce qui lui arrive, le télésiège les emporte. Et les voilà partis, dans le télésiège qui se balance vers le sommet. Jetant un regard par-dessus bord, Scooby constate qu'il a quitté la terre ferme.

« R'ai peur! » crie-t-il, en s'agrippant au siège de toutes ses pattes.

« Ne t'inquiète pas, Scooby, le rassure Cindy. Nous arrivons bientôt, et là-haut tout ira bien. »

Chapitre 4

Lorsque Scooby-Doo et Cindy arrivent au sommet, Véra et Sammy les y attendent.

« Où sont les autres? », demande Cindy.

Véra montre du doigt quelques mètres plus loin. Ils voient monsieur Ruckus qui remonte la fermeture éclair de son blouson et se dirige vers la pente des experts. Il la dévale, son écharpe rouge au vent. Daphné et Freddy se préparent à descendre une autre pente. Après avoir ajusté leurs lunettes et leurs bonnets, ils s'éloignent en skiant.

Cindy se tourne vers Véra et Sammy : « Bon, allons maintenant voir ce que le chalet des skieurs a à vous offrir. »

Cindy attrape deux paires de skis et les tend à Véra et à Sammy.

« Voilà qui devrait convenir », dit-elle.

« Cindy, comment Scooby et toi comptez-vous vous rendre en bas? », demande Véra.

Cindy réfléchit un instant, puis se retourne vers Scooby-Doo. Celui-ci est en train de creuser dans la neige.

« Scooby, as-tu envie de faire la descente avec moi? », demande-t-elle.

« Raccord! », répond Scooby, affichant un large sourire.

« Parfait. Alors, grimpe sur ma planche à neige », dit Cindy.

« Pas restion! », jappe Scooby en fronçant les sourcils.

« Allez, Scooby, tu vas adorer ça », dit Cindy.

« C'est comme faire du surf, mais sur la neige », explique Sammy.

« R'wouf! R'wouf! », dit Scooby, refusant de bouger.

« Attends-moi ici », dit Cindy. Elle se dirige vers

le chalet et en ressort avec une planche à neige vert et orange qu'elle dépose aux pieds de Scooby.

« Oh, oh! Je pense que rien au monde ne convaincra Scooby de descendre à bord de cette chose », affirme Sammy.

Sur ce, un énorme grognement se fait entendre en provenance du chalet des skieurs.

« Rrrrrah! »

« Sauf, peut-être, un homme des neiges! », s'écrie Sammy.

« Ce n'est pas un homme des neiges, dit Cindy. Ce n'est que Barbe grise qui nous joue un tour. » Cindy se croise les bras tout en faisant dos au chalet. « Barbe grise, nous savons que c'est vous; alors, montrez-vous! »

Mais, ce n'est pas Barbe grise qui surgit de l'arrière du chalet. C'est l'homme des neiges! Il est entièrement couvert d'une épaisse fourrure bleue, et il a de longues dents toutes blanches. La bête lève les bras dans les airs et rugit de nouveau.

25 East Ferris
Public Library

« Ne vous occupez pas de lui, et il s'arrêtera »,
conseille Cindy.

« Mais c'est l'homme des neiges! », s'exclame
Véra.

« Très drôle, Véra », répond Cindy.

Lançant de grands rugissements, l'homme des
neiges se dirige vers eux. Véra, Sammy et Scooby

s'enfuient. Au même moment, Scooby entend un clic. Il regarde par terre et constate qu'une de ses pattes est attachée à la fixation de la planche à neige. Il ne peut pas s'en dégager.

« Cindy, attention! », crie Véra. Mais il est trop tard. L'homme des neiges attrape Cindy et la tient solidement.

« M. McGraw, que faites-vous donc? », crie Cindy. L'homme des neiges l'empoigne et la balance sur son épaule.

Il rugit ensuite en direction de Véra, Sammy et Scooby.

« Allons chercher de l'aide », dit Véra. Se retournant, elle commence à dévaler la montagne.

« Franchement, il est temps de partir d'ici! », dit Sammy.

« Rammy! », crie Scooby.

« Je m'excuse de faire cela, mon vieux, dit Sammy. Disons que tu me remercieras plus tard d'avoir empêché l'homme des neiges de te dévorer. »

Sur ce, Sammy donne une légère poussée à Scooby et se lance lui aussi sur la pente.

Scooby est entraîné par la planche à neige, et descend à vitesse folle!

Chapitre 5

Pendant ce temps, au pied de la montagne, Freddy et Daphné sont assis dans une grande carriole derrière l'auberge. Thomas dépose une pile de couvertures de laine verte et quelques bouteilles thermos dans la carriole.

« Vous allez adorer cette promenade, dit Thomas. Gardez l'œil ouvert pour voir Cindy et vos amis. Je vais chercher les chevaux », ajoute-t-il en se dirigeant vers la grange.

« Attention, en bas! » C'est la voix de Véra qui descend une piste étroite à vive allure : elle fonce tout droit vers un amoncellement de neige à côté de la carriole.

« Scooby-Dooby-Doo! », s'écrie Scooby-Doo en fonçant au même endroit avec sa planche à neige, juste derrière Véra.

« Aïe! », crie Sammy, skiant à son tour dans l'amas de neige, juste derrière Scooby.

Freddy et Daphné sautent de la carriole et se ruent vers l'amas de neige. Daphné aide Véra à se relever. Scooby se dégage et se secoue.

« Bon sang, vous auriez dû voir ça! dit Sammy, en se relevant. Il est énorme. »

Se dressant sur ses pattes de derrière, Scooby se fait aussi grand que possible.

« Il rugit comme un lion et il a des dents tranchantes comme des lames de rasoir », poursuit Sammy.

« Grrrr! », dit Scooby, tentant d'imiter l'homme des neiges.

« De quoi parlez-vous? », demande Freddy.

« Véra, ça va? », s'inquiète Daphné.

Véra essuie ses lunettes et rajuste sa veste. « Oui. Je vais bien, dit-elle. Et il existe vraiment. »

« Qu'est-ce qui existe? », demandent Freddy et

Daphné.

« L'homme des neiges, répond Véra. Et il s'est emparé de Cindy! »

Au même instant, Cindy arrive, par le même chemin que les autres. Elle s'arrête en toute aisance, juste à côté de la carriole.

« Rindy! », s'exclame Scooby, en agitant la queue. Il se jette sur elle et lui lèche le visage.

« Mais, je croyais que l'homme des neiges t'avait attrapée », dit Sammy.

« On n'habite pas la montagne sans savoir un peu comment se défendre, dit Cindy. J'ai réussi à me libérer, puis j'ai sauté sur mes skis. J'ai comme l'impression que quelqu'un a emprunté ma planche à neige », dit-elle en regardant Scooby. Celui-ci sourit de toutes ses dents et rougit un peu.

Soudain, on entend Thomas crier dans la grange. Les chevaux hennissent, et la porte de la grange s'ouvre brusquement. C'est l'homme des neiges, qui sort en rugissant. Il grogne vers le groupe et fonce droit sur lui.

« Oh non! s'écrie Sammy. Le revoilà! »

Sammy et Scooby sautent dans la carriole et se cachent sous les couvertures. Freddy, Daphné, Véra et Cindy tentent de s'échapper, mais l'homme des neiges est rapide. Il s'étire et attrape Cindy. Celle-ci essaie de se libérer, mais l'homme des neiges la tient fermement. Il la balance sur son épaule puis s'enfuit dans la forêt en hurlant.

« Est-ce bien ce que vous avez vu sur la montagne, Véra? », demande Freddy.

« Tout à fait », répond-elle.

« Il me semble l'avoir déjà vu quelque part », ajoute Daphné.

« Tu as raison, Daphné, dit Freddy. C'est probablement lui que nous avons failli frapper sur la route en venant ici. »

« Cet homme des neiges connaît vraiment la

montagne, remarque Véra. On dirait qu'il sait toujours où nous sommes. »

« Je trouve qu'il se passe quelque chose de bizarre, ici, dit Freddy. Il est temps de vérifier ce que c'est. »

Soudain, ils entendent un bruit d'aspiration, comme si quelqu'un buvait quelque chose sous les couvertures de la carriole. Freddy soulève brusquement les couvertures, pour découvrir Sammy et Scooby en train de boire à petites gorgées le chocolat chaud des bouteilles thermos.

« Disons qu'il fait plutôt froid, ici, dit Sammy. Ce serait dommage de gaspiller cela. »

« C'est bon, vous deux, dit Daphné; il est temps de se mettre au boulot. Cindy a été enlevée pour

vrai, cette fois. »

« Et nous devons nous entraider pour la retrouver », dit Véra.

« Exact, dit Freddy. Daphné et moi, nous suivrons les pistes de l'homme des neiges dans la forêt. Vous trois, allez voir dans la grange si Thomas va bien. »

« Pourquoi Thomas était-il dans la grange? », demande Véra. « Il allait chercher les chevaux de la carriole, répond Daphné. C'est alors que nous l'avons entendu crier. »

« Exact, confirme Freddy. Voyez si vous pouvez trouver des indices. On se revoit à l'auberge dans une demi-heure. »

Chapitre 6

Sammy, Scooby et Véra se rendent à la grange. À l'intérieur, ils voient bien les chevaux dans leurs stalles, mais nulle trace de Thomas.

« Monsieur Squall? », crie Véra.

« Disons qu'il n'y a rien ici à part les chevaux », fait remarquer Sammy.

« C'est étrange, dit Véra en regardant autour. Eh, regardez ça! » Elle pointe le plancher du doigt. « Il y a deux types d'empreintes. Les premières sont celles de Thomas; les autres doivent être celles de l'homme des neiges. Voyons où elles mènent. »

Ils suivent les empreintes, qui se dirigent vers la porte arrière de la grange. Elles mènent jusqu'à une petite cabane derrière la grange. À l'intérieur, il y a une pile de bois. Une écharpe rouge est suspendue au crochet à côté de la porte.

« Ça alors! dit Véra. Tu parles d'un indice!

Qu'est-ce que tu en penses, Sammy? Sammy…? Scooby…? » Véra se retourne, mais Sammy et Scooby ont disparu. Elle ressort et les voit dehors, en train de jouer dans la neige, près de la cabane.

« Bon sang! dit Véra. Sammy! Scooby! Je retourne à l'auberge voir Freddy et Daphné. » Elle fait demi-tour et emprunte le sentier qui descend vers l'auberge.

« Nous arrivons, Véra, crie Sammy. Nous voulons simplement terminer notre bonhomme de neige. »

Scooby prend une poignée de neige et façonne une boule. Il la fait rouler jusqu'à ce qu'elle devienne presque aussi grosse que lui.

« Scooby-Doo, je vais dans la cabane chercher quelques branches pour faire des bras au bonhomme, dit Sammy. Je reviens tout de suite. » Sammy marche jusqu'à la cabane et ouvre la porte.

Il tombe nez à nez avec l'homme des neiges!

Sammy referme vivement la porte.

Avant qu'il n'ait le temps de fuir, la porte de la cabane se rouvre brusquement. L'homme des neiges hurle à qui mieux mieux.

« Sauve-toi, Scooby-Doo! C'est l'homme des

neiges! », hurle Sammy en courant vers Scooby-Doo. L'homme des neiges poursuit Sammy dans la neige.

« Par ici, Scooby », dit Sammy. Tous deux courent et changent brusquement de direction pour aller vers un terrain dégagé. Trois pas plus loin, Sammy s'aperçoit qu'ils marchent sur un étang gelé.

« Ouahhhh!!! », crient-ils, en glissant et en virevoltant comme des toupies, vers l'autre extrémité de l'étang. L'homme des neiges les suit jusque sur l'étang puis se met à glisser, lui aussi. Sammy et Scooby se dirigent droit sur un arbre, de l'autre côté de l'étang. Comme ils s'en approchent, ils tendent les bras et se donnent un élan leur permettant de tourner autour de l'arbre afin de revenir sur l'étang.

« Ouahhhh!!! », crient-ils, en glissant à côté de l'homme des neiges. Comme celui-ci regarde Sammy et Scooby qui passent devant lui, il ne voit l'arbre qu'à la dernière minute. Mais il est trop tard. *Boum!* L'homme des neiges frappe l'arbre si violemment que toute la neige qui le recouvrait tombe sur lui.

Sammy et Scooby atteignent l'autre côté de l'étang et quittent la surface glacée. « Vite, retournons à l'auberge avant qu'il se remette debout », dit Sammy. Ils se relèvent et courent jusqu'à l'auberge, abandonnant l'homme des neiges, enseveli.

Chapitre 7

Sammy et Scooby descendent le sentier en courant, font le tour de l'auberge et se précipitent à l'intérieur par la porte principale. Ils la referment ensuite derrière eux.

« Vite, Scooby, donne-moi un coup de patte », dit Sammy. Ils attrapent un gros portemanteau qu'ils placent en travers de la porte.

« Eh, que faites-vous là? », demande Daphné. Elle est à la réception, avec Véra et Freddy.

« Disons que nous voulons simplement barricader la porte pour empêcher l'homme des neiges d'entrer », répond Sammy.

« Je ne pense pas que vous ayez à craindre

quelque homme des neiges que ce soit », répond Freddy.

« Pourquoi donc? », demande Sammy.

« À cause de certains indices que nous avons trouvés », dit Véra.

« Daphné et moi avons trouvé ceci, accroché à une branche, dans la forêt », explique Freddy, en montrant un bout de tissu rouge bordé de franges.

« On dirait un morceau de couverture rouge », dit Sammy.

« Ou d'écharpe rouge », ajoute Véra.

« Comme celle de la cabane! », s'exclame Sammy.

« Ou celle que monsieur Ruckus avait », dit Freddy.

« Ou que Carl porte toujours », précise Daphné.

Véra se retourne et va jusqu'à la porte arrière.

« Venez donc voir ceci », dit-elle. Le groupe la rejoint et voit un petit amoncellement de neige et de glace près du seuil de la porte arrière. De là, quelques empreintes mouillées mènent au comptoir.

« Cet amas de neige fondue nous signale qu'une personne aux pieds enneigés est entrée par la porte arrière il n'y a pas longtemps », dit Véra.

« Oui, mais vers où se dirigent ces empreintes? », demande Daphné.

« Elles peuvent mener partout », reprend Véra.

Toc, toc, toc! Tous sursautent en entendant frapper à la porte arrière. Freddy ouvre, et monsieur Ruckus entre péniblement dans la pièce. Son blouson porte deux grandes déchirures, et il a une égratignure à la main. Une branche lui sert de canne. Comme il referme la porte, Carl se glisse derrière lui. Il transporte une grosse brassée de bois de chauffage. Il se secoue les pieds en les frappant l'un contre l'autre avant de se diriger vers le foyer.

« J'ai essayé de passer par l'avant, mais la porte était verrouillée », dit monsieur Ruckus.

« Que vous est-il arrivé, monsieur Ruckus? »,

demande Daphné.

« Rien, à vrai dire », répond monsieur Ruckus. Il se dirige vers l'escalier.

« Cet homme a fait toute une chute sur la pente des experts », dit Carl, en déposant le bois de chauffage.

Monsieur Ruckus jette un regard furieux vers Carl. « Je n'ai pas fait de chute du tout. J'étais fin seul sur la pente lorsque quelqu'un – ou était-ce quelque chose? – a traversé la pente juste devant moi. Un de ces skieurs acrobatiques imprudents tout de bleu vêtu. Il m'a fait peur. J'ai perdu

43

l'équilibre et je suis tombé sur une grosse pierre. Je pense que je me suis foulé la cheville. Mais je n'ai pas fait de chute. »

« C'est comme vous dites, mon vieux », dit Carl. Il enlève son parka et entre dans le bureau, derrière le comptoir de la réception.

« Si vous le permettez, dit monsieur Ruckus, qui monte l'escalier en boitant, je vais aller me reposer dans ma chambre. »

Dès que monsieur Ruckus disparaît sur l'étage, Freddy se tourne vers le groupe.

« Avez-vous vu ça? », demande-t-il.

« Ouais, dit Sammy. Il avait une brindille dans les cheveux. »

« Non, pas cela », dit Freddy.

« Ni monsieur Ruckus ni Carl ne portent leur écharpe rouge », dit Daphné.

« J'ai l'impression que notre homme des neiges va bientôt exploser », dit Véra.

« Et il n'y a qu'une façon de le découvrir, dit Freddy. Les amis, il est temps de lui tendre un piège. »

Chapitre 8

« Voici le plan, commence Freddy. Nous allons tendre notre piège dehors, derrière la grange. Nous avons déjà vu l'homme des neiges deux fois à cet endroit. »

« Freddy a raison, convient Véra. Il doit y avoir là quelque chose que l'homme des neiges ne veut pas nous voir approcher. »

« Sammy et Scooby, poursuit Freddy, vous n'aurez pas grand-chose à faire. »

« Il me semble que j'ai déjà entendu cela quelque part, Scooby », remarque Sammy.

« Vous n'aurez qu'à jouer dans la neige… », commence Freddy.

« R'est tout? demande Scooby, étonné. R'accord! »

« ... jusqu'à ce que l'homme des neiges se montre », termine Freddy.

« Roubliez ra! », dit Scooby en se rassoyant, pattes croisées.

« Je ne marche pas non plus, dit Sammy. Je ne vais certainement pas m'installer dans la neige à attendre qu'un homme des neiges se pointe et vienne me dévorer. »

« Allez, tous les deux, dit Daphné, nous avons besoin de vous pour le capturer. »

« Pas restion! », dit Scooby.

« Et sauver Cindy », ajoute Freddy.

Au nom de Cindy, Scooby se souvient combien cette dernière est gentille avec lui.

« Le ferais-tu en échange d'un Scooby Snax? », demande Véra. « R'est sûr! », dit Scooby. Véra lui

refile un biscuit, qu'il avale d'un trait.
« Miam! », dit-il, en se frottant le ventre.

« Alors, dites donc, que se passera-t-il pendant que Scooby et moi serons en train de jouer? », demande Sammy.

« Véra, Daphné et moi, nous nous cacherons dans la carriole, répond Freddy. Lorsque l'homme des neiges se montrera, nous lancerons une couverture sur lui. »

Le groupe sort. Freddy, Daphné et Véra montent dans la carriole et s'y cachent. Sammy et Scooby commencent à faire un autre bonhomme de neige. Sammy roule une grosse boule pour faire le tronc. Scooby en roule une autre pour faire la tête et commence à la façonner.

« Eh! Ça ne ressemble pas à un bonhomme de neige, dit Sammy. Qu'est-ce que c'est? »

« Un rhien des neiges! », aboie Sammy joyeusement.

Au même instant, ils entendent quelqu'un arriver en courant, de la forêt derrière eux.

« C'est l'homme des neiges! crie Sammy. Prépare-toi, Freddy! »

Avant qu'ils ne comprennent ce qui se passe, quelqu'un sort de la forêt et se rue sur Sammy et Scooby.

« Allons-y! », crie Freddy, de la carriole. Freddy, Daphné et Véra se lèvent avec une couverture. Freddy la tient solidement et, sautant de la carriole, il emmaillote la bête agitée.

« À l'aide! », crie une voix sous la couverture.

Thomas fait soudainement irruption de la forêt.

« Où es-tu passé, Barbe grise? crie-t-il. Et où est ma petite-fille? »

Au moment où Daphné et Véra s'apprêtent à sortir de la carriole, elles entendent une voix venant d'en haut. C'est monsieur Ruckus, penché à son balcon. « Je ne vous dérange pas trop? crie-t-il dans leur direction. Comment voulez-vous que je dorme avec tout ce vacarme dehors et ces cris de femme à l'intérieur? »

« Des cris de femme à l'intérieur? dit Thomas. C'est sûrement Cindy! » Il se dirige vers l'auberge. Véra et Daphné le suivent.

« Au secours! Aidez-moi! », crie une voix

étouffée sous la couverture.

Freddy défait la couverture.

« Mais, c'est Barbe grise! », s'exclame Sammy.

« Si ce n'est pas lui, l'homme des neiges, dit Freddy, ce dernier doit encore être autour. Mais où? »

« Au recours! », crie Scooby. L'homme des neiges surgit des buissons. Il vient d'agripper la queue de Scooby!

Cherchant à se libérer, Scooby lui envoie de la neige au visage. L'homme des neiges lâche prise, et Scooby s'élance sur le sentier. La bête s'essuie rapidement le visage et se lance à la poursuite de Scooby-Doo.

Chapitre 9

Scooby remonte le sentier jusqu'au télésiège. Voyant l'homme des neiges se rapprocher, il saute dans un siège. Celui-ci le suit, quelques sièges plus loin.

Arrivé au sommet, Scooby quitte son siège à toute vitesse et court vers le chalet. L'homme des neiges le suit. Scooby tente de se cacher derrière le râtelier à skis, mais l'homme des neiges le jette par terre. Skis et planches à neige se répandent partout. L'homme des neiges se rapproche dangereusement de Scooby. En reculant, Scooby trébuche sur les skis. Il fait encore deux pas, puis constate qu'il ne peut plus bouger. Regardant par terre, il voit qu'il s'est empêtré dans une planche à neige, encore une fois.

« R'wouf! R'wouaf!! », fait Scooby.

L'homme des neiges pousse un grand cri et tente d'attraper Scooby. Il y parvient, mais Scooby le repousse. C'est alors que la planche se met à descendre la pente.

« Ras encore! », se dit Scooby. À mesure que la planche prend de la vitesse, Scooby réussit à la faire pivoter pour faire face au pied de la pente. Il descend, l'homme des neiges à ses trousses.

Soudain, ce dernier fait un écart et se retrouve devant Scooby. Ils se heurtent et se mettent à rouler vers le bas de la pente. La neige colle à eux, si bien qu'ils se transforment en une énorme boule.

La boule de neige dévale carrément la pente. Freddy, Daphné et Véra sont au pied de la montagne, en compagnie de Thomas et de Cindy.

« Scooby-Doo, où es-tu? », crie Sammy.

« Rà-dedans! », crie Scooby, dont la tête enneigée surgit de la boule.

Au même instant, Sammy arrive en courant, accompagné d'un garde forestier.

« T'as vraiment l'air d'un chien de traîneau »,

lance Sammy, en riant.

Thomas et le garde forestier sortent l'homme des neiges de la boule de neige. Thomas s'en approche et lui arrache son masque.

« Carl! », s'exclame Cindy.

« J'étais pourtant certain que c'était Barbe grise », dit Thomas.

« C'est aussi ce que nous avons tout d'abord cru, explique Véra. Or, Barbe grise s'est blessé au dos en sautant de l'arbre. Il n'aurait jamais pu emporter Cindy à bout de bras, encore moins le faire à deux reprises. »

« Nous avons aussi pensé à monsieur Ruckus, ajoute Freddy. Après tout, tout le monde sait qu'il cherchait un endroit tranquille pour se préparer au concours de l'équipe nationale de ski. »

« Cependant, après avoir vu sa cheville foulée, poursuit Daphné, nous savions bien qu'il n'aurait pas pu être partout à la fois en si peu de temps, comme réussissait à le faire l'homme des neiges. »

« Nous avons commencé à soupçonner Carl après avoir trouvé l'écharpe rouge dans la cabane », dit Véra.

« Cependant, c'est le fait que Carl raconte comment monsieur Ruckus s'était blessé, avant que ce dernier ne le fasse lui-même, qui nous a vraiment mis la puce à l'oreille », explique Freddy.

« Pour savoir que monsieur Ruckus avait fait une chute sur la piste, il fallait absolument que Carl ait été lui-même sur place », ajoute Véra.

« Or, monsieur Ruckus a bien dit qu'il était seul avec l'homme des neiges sur la pente », dit Daphné.

« Qu'est-ce qui t'a pris? », demande Cindy en

regardant Carl.

« Je voulais simplement effrayer Thomas afin de l'inciter à vendre la propriété pour que tu viennes enfin vivre avec moi dans le Sud, où nous pourrions nous marier, répond Carl en baissant les yeux. C'est pour nous que j'ai fait ça. »

« Non, c'est pour toi que tu as fait ça et, en passant, tu peux dire adieu au mariage », répond Cindy.

Le garde forestier quitte les lieux en tenant Carl par le bras.

Thomas se retourne vers Barbe grise : « J'ai l'impression que je te dois des excuses », dit-il en lui tendant la main. Barbe grise regarde la main de

Thomas puis la serre.

« Ça va, dit-il. Personne ne s'est autant soucié de moi depuis des années. Dites donc, vous n'auriez pas du chocolat chaud, par hasard? »

Thomas sourit. « Bien sûr! Qu'en penses-tu, Cindy? Eh, Cindy? » Cindy a disparu. Scooby-Doo aussi, d'ailleurs.

« Par ici », crie Cindy. Tout le monde se retourne et constate que Scooby et Cindy sont côte à côte dans la carriole.

« Il y a du chocolat chaud pour tous, lance Cindy. Mais la première portion est destinée au plus brave de tous les chiens, qui nous a permis de capturer l'homme des neiges », ajoute-t-elle en embrassant Scooby-Doo sur la joue.

« Scooby-Dooby-Doo! », s'exclame Scooby.

Un mot sur l'auteur

Petit garçon, James Gelsey rentrait de l'école, chez lui en courant, pour regarder les dessins animés de Scooby-Doo à la télé (après avoir d'abord fait ses devoirs!). Aujourd'hui, il aime toujours autant les regarder, en compagnie de sa conjointe et de sa fille. Il a aussi un chien bien vivant, qui répond au nom de Scooby, et qui adore lui aussi les Scooby Snax!

Aide Scooby-Doo à résoudre un mystère!

MYSTÈRES SCOOBY-DOO

de James Gelsey

Lis-les tous!

Aïe!

R'wouf! R'wouf!

5,99 $ chacun!

N° 1 Scooby-Doo et l'homme des neiges

N° 2 Scooby-Doo et l'épave

Chez tous les libraires!